Cómo crecen los gatitos

por Millicent E. Selsam
Fotografías de Neil Johnson

Traducción de Teresa Mlawer

SCHOLASTIC INC.

New York Toronto London Auckland Sydney

La autora agradece al Dr. Jay S. Rosenblatt,
profesor de psicología del Institute of Animal Behavior,
Rutgers State University, la lectura del manuscrito
de este libro.

Original title: How Kittens Grow

ISBN 0-590-45000-X

12 11 10 9 8 7 6 5 4 3   5 6 7 8 9/9 0/0

Printed in the U.S.A.   23
First Scholastic printing, December 1992

Original edition: November 1992

Cómo crecen los gatitos

La mamá gata acaba de
tener estos cuatro gatitos.
Se acuesta de lado
y comienza a lamerlos.

Cada gatito es pequeñito.
No puede ver porque sus ojos están cerrados.
No puede oir porque sus orejas están cerradas.
Pero puede oler, tocar y sentir calorcillo.

Cada uno gatea hasta el cuerpo calentito de la mamá.
Sus patitas delanteras se mueven despacito,
y arrastra las de atrás a la vez.
Mueve la cabeza de un lado a otro,
hasta que al fin llega junto a su mamá.

Los gatitos buscan la tetilla,
con sus naricitas y sus boquitas,
en el cuerpo peludito de la mamá.
Cuando la encuentran, agarran la tetilla
con sus boquitas y comienzan a mamar.
Los gatitos beben leche a la hora de haber nacido.

Estos gatitos pequeñitos necesitan a su mamá.
Ella les da de comer.
Ella les da calor.
Ella los protege.

Durante los primeros cuatro días
la mamá casi no se separa de sus gatitos.
Sólo se levanta cada dos horas
para estirarse y salir a comer.

Después del cuarto día,
se levanta con más frecuencia.
Los gatitos duermen mientras ella no está.
Casi siempre duermen uno arriba del otro
para darse calorcito.

Cuando la mamá gata
regresa,
lame a los gatitos.
Esto los despierta.
Entonces la mamá
se acuesta de lado,
y les da de mamar
otra vez.

Ya para entonces,
los gatitos saben
cual es la tetilla
que le corresponde
a cada uno.
Si un gatito trata de
tomar el lugar de
otro, éste sujeta
la tetilla con fuerza,
y no la suelta.

Cuando los gatitos tienen dos semanas,
ya tienen los ojos abiertos,
y las orejas también.

Los gatitos siguen creciendo.
Ahora pesan casi el doble de
lo que pesaban al nacer.

Los gatitos todavía gatean.
No pueden caminar aún,
pero ya comienzan
a ver y oír mejor.

A veces uno de los gatitos
se aleja del lado de la mamá.
Siente el suelo frío,
y el olor es diferente.
El gatito llora.
La mamá lo oye y sale a buscarlo.
Lo sujeta por el cuello
y lo trae junto a la cría.

Ahora los gatitos
tienen cuatro semanas.
Ellos pueden ir junto a
su mamá para que les dé
de mamar, si ella no
se acerca a ellos.
Cada semana aumentan
unas seis onzas.

Los gatitos pueden pararse
y caminar despacito,
aunque todavía se tambalean.
Ya pueden ver bien.
Y oven muv bien.

La mamá ya no se acerca tanto a los gatitos.
Pero ellos la siguen de un lugar a otro,
y consiguen que se acueste para que les dé de comer.
Todavía beben leche cada cual de su tetilla.

Ya los gatitos pueden jugar
entre ellos.
Se lamen unos a los otros.
Se persiguen y
retozan juntos.

Juegan con todo lo que encuentran.

Corren detrás de la mamá.
Saltan sobre ella.
Le lamen la cara.
Le muerden la cola.

A veces juegan muy brusco.
Entonces la mamá salta
lejos de los gatitos.
Brinca sobre un banquillo
o sobre una repisa.
A veces les da con
la patita para regañarlos.

Cuando los gatitos tienen cinco semanas,
cada vez toman menos leche de la mamá.
Pero ahora pueden beber leche de un plato.
Siguen a la mamá cuando ella va a comer.

A veces meten las patitas
en el plato de comida.
Y algunas veces pisan la
comida que cae en el piso.
Entonces se lamen
las patitas.
¡Qué bien sabe!
Otras veces prueban la
comida cuando le lamen
la boca a la mamá.
De esta manera aprenden
a comer alimentos sólidos.

En el campo, los gatos cazan su propio alimento.
Al principio, la mamá les trae animales vivos a los gatitos.
Y así ellos comienzan a conocer los alimentos que luego cazarán.
Después los gatitos van detrás de la mamá
cuando ella sale a buscar comida.

Así es como
aprenden a cazar
animales pequeños,
como el ratón.
Los gatitos ya tienen
dientes,
ahora pueden masticar.
Al principio son dientes
de leche, como los tuyos.
Cuando el gato tiene seis
meses, se le caen
los dientes de leche,
y en su lugar le salen
los dientes permanentes.

Cuando los gatitos tienen ocho semanas,
ya no beben leche de su mamá.
Han aprendido a comer alimentos sólidos.
Pueden cazar, brincar, saltar, correr
y moverse sin hacer ruido en la hierba
para cazar un ratón.

Pueden hacer todo lo que hace un gato grande.
Este es el mejor momento de "adoptar" un gatito.